我會說故事

兔子的長耳朵

新雅文化事業有限公司
www.sunya.com.hk

U0061205

我會說故事
兔子的長耳朵

插　　　畫：野人
責任編輯：甄艷慈
美術設計：李成宇
出　　　版：新雅文化事業有限公司
　　　　　　香港英皇道499號北角工業大廈18樓
　　　　　　電話：（852）2138 7998
　　　　　　傳真：（852）2597 4003
　　　　　　網址：http://www.sunya.com.hk
　　　　　　電郵：marketing@sunya.com.hk
發　　　行：香港聯合書刊物流有限公司
　　　　　　香港荃灣德士古道220-248號荃灣工業中心16樓
　　　　　　電話：（852）2150 2100　　傳真：（852）2407 3062
　　　　　　電郵：info@suplogistics.com.hk
印　　　刷：中華商務彩色印刷有限公司
　　　　　　香港新界大埔汀麗路36號
版　　　次：二〇一四年七月初版
　　　　　　二〇二二年九月第九次印刷

ISBN 978-962-08-6156-7

給家長和老師的話

　　對於學齡前的孩子來說，聽故事、說故事和讀故事，都是他們樂此不疲的有趣事情，也是他們成長過程中一個非常重要的經驗。在媽媽、老師那溫馨親切的笑語裏，孩子一邊看圖畫，一邊聽故事，他已初步嘗到了「讀書」的樂趣。接着，再在媽媽、老師的教導下，自己學會說故事、讀故事，那更是給了孩子巨大的成功感。

　　本叢書精選家喻戶曉的著名童話，配上富有童趣的彩色插畫，讓孩子看圖畫，說故事，訓練孩子說故事、讀故事的能力。同時也訓練孩子學習語文的能力——每一個跨頁選取四個生字，並配上詞語，加強孩子對這些字詞的認識。詞語由故事內的詞彙擴展到故事外，大大豐富了孩子的詞彙量。故事後附的「字詞表」及「字詞遊樂園」，既讓孩子重溫故事內的字詞及學習新字詞，也增加了閱讀的趣味性。

　　說故事是一種啟發性的思維訓練，家長和老師們除了按故事內的文字給孩子說故事之外，還可以啟發孩子細看圖畫，用自己的語言來說一個自己「創作」的故事，這對提升孩子的語言表達能力和想像力會有莫大裨益。

　　願這套文字簡明淺白，圖畫富童趣的小叢書，陪伴孩子度過一個個愉快的親子共讀夜或愉快的校園閱讀樂時光，也願這套小叢書為孩子插上想像的翅膀！

dòng
動

dòng wù
動物

yùn dòng
運動

chǎng
場

guǎng chǎng
廣場

chǎng dì
場地

zài dòng wù cūn de guǎng chǎng shang xiǎo tù
在動物村的廣場上，小兔

zi hé xiǎo hú li xiǎo lù xiǎo sōng shǔ xiǎo
子和小狐狸、小鹿、小松鼠、小

sōng
松

sōng shǔ
松鼠

sōng shù
松樹

zài
在

zhèng zài
正在

xiàn   zài
現   在

huàn xióng zhèng zài gāo gāo xìng xìng de wán shuǎ
浣 熊 正 在 高 高 興 興 地 玩 耍。

pí
皮

wán　pí
頑　皮

pí　fū
皮　膚

zhī
知

zhī　dào
知　道

zhī　jǐ
知　己

wán pí de xiǎo hú li qǔ xiào xiǎo tù zi de
頑皮的小狐狸取笑小兔子的

cháng ěr duo shuō xiǎo tù zi wǒ zhī dào
長耳朵，說：「小兔子，我知道

6

nóng
農

nóng fū
農夫

nóng tián
農田

lā
拉

lā cháng
拉長

lā miàn
拉麵

le　　yí dìng shì nǐ tōu chī nóng fū bó bo de dōng
了，一定是你偷吃農夫伯伯的東

xi　　tā bǎ nǐ de ěr duo lā cháng le
西，他把你的耳朵拉長了。」

yǒu

有

méi yǒu
沒有

yǒu qǐng
有請

dìng

定

yí dìng
一定

jiān dìng
堅定

xiǎo tù zi shuō　　　　wǒ méi yǒu tōu dōng xi
小兔子說：「我沒有偷東西

chī　　　xiǎo hú li yòu shuō　　　　nà yí dìng shì
吃。」小狐狸又說：「那一定是

nǐ qī piàn bái hè jiě jie　　tā shēng qì le　　bǎ
你欺騙白鶴姐姐，她生氣了，把

nǐ de ěr duo yǎo de cháng cháng de le
你的耳朵咬得長 長 的了。」

9

kū
哭

kū qì
哭泣

tòng kū
痛哭

sù
訴

gào sù
告訴

sù shuō
訴說

xiǎo tù zi kū le tā pǎo huí jiā gào
小兔子哭了，他跑回家告
sù mā ma mā ma xiào le qǐ lai tā tà
訴媽媽。媽媽笑了起來，她踏

<ruby>踏<rt>tà</rt></ruby>

<ruby>踏<rt>tà</rt></ruby><ruby>腳<rt>jiǎo</rt></ruby>

<ruby>踏<rt>tà</rt></ruby><ruby>步<rt>bù</rt></ruby>

<ruby>音<rt>yīn</rt></ruby>

<ruby>聲<rt>shēng</rt></ruby><ruby>音<rt>yīn</rt></ruby>

<ruby>音<rt>yīn</rt></ruby><ruby>樂<rt>yuè</rt></ruby>

<ruby>踏<rt>ta</rt></ruby><ruby>腳<rt>jiǎo</rt></ruby>，<ruby>地<rt>dì</rt></ruby><ruby>上<rt>shàng</rt></ruby><ruby>發<rt>fā</rt></ruby><ruby>出<rt>chū</rt></ruby>「<ruby>咚<rt>dōng</rt></ruby><ruby>咚<rt>dōng</rt></ruby>」<ruby>的<rt>de</rt></ruby><ruby>聲<rt>shēng</rt></ruby><ruby>音<rt>yīn</rt></ruby>。

shuō
説

shuō huà
説話

shuō fa
説法

tīng
聽

tīng jiàn
聽見

tīng shuō
聽説

mā ma shuō　　　nǐ tīng jiàn le ma shēng
媽媽説：「你聽見了嗎？聲

yīn hěn xiǎng ba　　zhǐ yǒu ěr duo cháng cái néng tīng de
音很響吧？只有耳朵長才能聽得

qīng
清

qīng chu
清楚

qīng bái
清白

míng
明

míng bai
明白

míng tiān
明天

zhè me qīng chu a　　　　xiǎo tù zi diǎn dian tóu
這麼清楚啊！」小兔子點點頭，

tā míng bai le
他明白了。

huí

回

huí dào
回到

huí jiā
回家

huǒ

伙

huǒ bàn
伙伴

huǒ jì
伙計

xiǎo tù zi huí dào guǎng chǎng zhàn zài yì páng
小兔子回到廣場，站在一旁

kàn xiǎo huǒ bàn men wán yóu xì
看小伙伴們玩遊戲。

cháo
朝

cháo zhe
朝着

cháo dài
朝代

bù
步

jiǎo bù
腳步

bù xíng
步行

tū rán　　　　tā tīng dào yǒu rén cháo zhe zhè biān
突然，他聽到有人朝着這邊

zǒu guò lai de jiǎo bù shēng
走過來的腳步聲。

duǒ
躲

duǒ cáng
躲藏

duǒ bì
躲避

guǒ
果

guǒ rán
果然

guǒ rén
果仁

xiǎo tù zi jiào xiǎo huǒ bàn men gǎn kuài duǒ qi
小兔子叫小伙伴們趕快躲起

lai guǒ rán yí gè liè rén dài zhe qiāng zǒu guò
來，果然，一個獵人帶着槍走過

dài
帶

dài zhe
帶着

pí dài
皮帶

shī
失

shī wàng
失望

shī qù
失去

lai le　　dàn shì tā shén me yě méi zhǎo dào　shī
來了，但是他什麼也沒找到，失

wàng de lí kāi le
望地離開了。

bàn
伴

bàn lǚ
伴侶

tóng bàn
同伴

duì
對

duì dá
對答

duì cuò
對錯

xiǎo huǒ bàn men fēn fēn xiàng xiǎo tù zi dào
小伙伴們紛紛向小兔子道

xiè　xiǎo hú li shuō　　duì bu qǐ　　wǒ bù zhī
謝。小狐狸説：「對不起，我不知

cháng
長

cháng duǎn
長短

cháng jiǔ
長久

qǔ
取

qǔ xiào
取笑

qǔ xiāo
取消

dào cháng ěr duo zhè me yǒu yòng　wǒ yǐ hòu zài yě
道長耳朵這麼有用。我以後再也

bú huì qǔ xiào nǐ le
不會取笑你了。」

19

字詞表

頁碼	字	詞語	
4-5	dòng 動	dòng wù 動物	yùn dòng 運動
	chǎng 場	guǎng chǎng 廣場	chǎng dì 場地
	sōng 松	sōng shǔ 松鼠	sōng shù 松樹
	zài 在	zhèng zài 正在	xiàn zài 現在
6-7	pí 皮	wán pí 頑皮	pí fū 皮膚
	zhī 知	zhī dào 知道	zhī jǐ 知己
	nóng 農	nóng fū 農夫	nóng tián 農田
	lā 拉	lā cháng 拉長	lā miàn 拉麵
8-9	yǒu 有	méi yǒu 沒有	yǒu qǐng 有請
	dìng 定	yí dìng 一定	jiān dìng 堅定
	piàn 騙	qī piàn 欺騙	piàn zi 騙子
	ěr 耳	mù ěr 木耳	ěr jī 耳機
10-11	kū 哭	kū qì 哭泣	tòng kū 痛哭
	sù 訴	gào sù 告訴	sù shuō 訴說
	tà 踏	tà jiǎo 踏腳	tà bù 踏步
	yīn 音	shēng yīn 聲音	yīn yuè 音樂

頁碼	字	詞語	
12-13	shuō 說	shuō huà 說話	shuō fa 說法
	tīng 聽	tīng jiàn 聽見	tīng shuō 聽說
	qīng 清	qīng chu 清楚	qīng bái 清白
	míng 明	míng bai 明白	míng tiān 明天
14-15	huí 回	huí dào 回到	huí jiā 回家
	huǒ 伙	huǒ bàn 伙伴	huǒ jì 伙計
	cháo 朝	cháo zhe 朝着	cháo dài 朝代
	bù 步	jiǎo bù 腳步	bù xíng 步行
16-17	duǒ 躲	duǒ cáng 躲藏	duǒ bì 躲避
	guǒ 果	guǒ rán 果然	guǒ rén 果仁
	dài 帶	dài zhe 帶着	pí dài 皮帶
	shī 失	shī wàng 失望	shī qù 失去
18-19	bàn 伴	bàn lǚ 伴侶	tóng bàn 同伴
	duì 對	duì dá 對答	duì cuò 對錯
	cháng 長	cháng duǎn 長短	cháng jiǔ 長久
	qǔ 取	qǔ xiào 取笑	qǔ xiāo 取消

字詞遊樂園

找朋友

　　小朋友，「言」字和「足」字同朋友走散了，請你替他們把朋友找回來，讓它們組成一個新的字。請仿照例子連一連，並把字寫出來。

例子
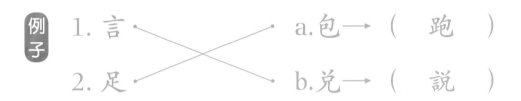

1. 言·　　　　　　　· a. 包→（　跑　）
2. 足·　　　　　　　· b. 兌→（　說　）

1. 言·　　　　　　　· a. 止→（　　　　）

2. 足·　　　　　　　· b. 司→（　　　　）

3. 言·　　　　　　　· c. 兆→（　　　　）

4. 足·　　　　　　　· d. 舌→（　　　　）

5. 言·　　　　　　　· e. 失→（　　　　）

6. 足·　　　　　　　· f. 炎→（　　　　）

大風吹

獵人的腳步帶起了一陣大風，把下面的詞語吹亂了。請你仿照例子，把左右兩邊的字連起來，組成一個有意義的詞語。

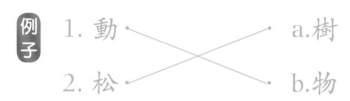

例子

1. 動
2. 松

a. 樹
b. 物

1. 廣·　　　　·a.頭
2. 東·　　　　·b.開
3. 點·　　　　·c.狸
4. 狐·　　　　·d.場
5. 伙·　　　　·e.伴
6. 離·　　　　·f.西

附《兔子的长耳朵》简体字版

P.4-5

zài dòng wù cūn de guǎng chǎng shang xiǎo tù zi hé xiǎo hú li xiǎo lù xiǎo sōng shǔ
在动物村的广场上，小兔子和小狐狸、小鹿、小松鼠、

xiǎo huàn xióng zhèng zài gāo gāo xìng xìng de wán shuǎ
小浣熊正在高高兴兴地玩耍。

P.6-7

wán pí de xiǎo hú li qǔ xiào xiǎo tù zi de cháng ěr duo shuō xiǎo tù zi wǒ zhī dào
顽皮的小狐狸取笑小兔子的长耳朵，说：「小兔子，我知道

le yí dìng shì nǐ tōu chī nóng fū bó bo de dōng xi tā bǎ nǐ de ěr duo lā cháng le
了，一定是你偷吃农夫伯伯的东西，他把你的耳朵拉长了。」

P.8-9

xiǎo tù zi shuō wǒ méi yǒu tōu dōng xi chī xiǎo hú li yòu shuō nà yí dìng shì nǐ
小兔子说：「我没有偷东西吃。」小狐狸又说：「那一定是你

qī piàn bái hè jiě jie tā shēng qì le bǎ nǐ de ěr duo yǎo de cháng cháng de le
欺骗白鹤姐姐，她生气了，把你的耳朵咬得长长的了。」

P.10-11

xiǎo tù zi kū le tā pǎo huí jiā gào sù mā ma mā ma xiào le qǐ lai tā tà ta
小兔子哭了，他跑回家告诉妈妈。妈妈笑了起来，她踏踏

jiǎo dì shàng fā chū dōng dōng de shēng yīn
脚，地上发出「咚咚」的声音。

P.12-13

mā ma shuō nǐ tīng jiàn le ma shēng yīn hěn xiǎng ba zhǐ yǒu ěr duo cháng cái néng
妈妈说：「你听见了吗？声音很响吧？只有耳朵长才能

tīng de zhè me qīng chu a xiǎo tù zi diǎn dian tóu tā míng bái le
听得这么清楚啊！」小兔子点点头，他明白了。

P.14-15

xiǎo tù zi huí dào guǎng chǎng zhàn zài yì páng kàn xiǎo huǒ bàn men wán yóu xì
小兔子回到广场，站在一旁看小伙伴们玩游戏。

tū rán tā tīng dào yǒu rén cháo zhe zhè biān zǒu guò lai de jiǎo bù shēng
突然，他听到有人朝着这边走过来的脚步声。

P.16-17

xiǎo tù zi jiào xiǎo huǒ bàn men gǎn kuài duǒ qi lai guǒ rán yí gè liè rén dài zhe qiāng zǒu
小兔子叫小伙伴们赶快躲起来。果然，一个猎人带着枪走

guò lai le dàn shì tā shén me yě méi zhǎo dào shī wàng de lí kāi le
过来了，但是他什么也没找到，失望地离开了。

P.18-19

xiǎo huǒ bàn men fēn fēn xiàng xiǎo tù zi dào xiè xiǎo hú li shuō duì bu qǐ wǒ bù
小伙伴们纷纷向小兔子道谢。小狐狸说：「对不起，我不

zhī dào cháng ěr duo zhè me yǒu yòng wǒ yǐ hòu zài yě bù huì qǔ xiào nǐ le
知道长耳朵这么有用。我以后再也不会取笑你了。」